FRANCO VACCARINI

UN TIGRE DE MENTIRA
Y
DOLOR DE COLMILLOS

ILUSTRACIONES DE DAMIÁN ZAIN

Colección Hilo infinito

EDITORIAL SIGMAR

UN TIGRE DE MENTIRA

UN DÍA, JULIÁN DECIDIÓ CONOCER LA PLAYA. ESO NO TENÍA NADA DE MALO. NI DE RARO.

SALVO QUE JULIÁN ERA UN TIGRE. UN HERMOSO TIGRE DE BENGALA, CON UNA MALLA A LUNARES, UN GORRO DE PAJA Y ANTEOJOS DE SOL.

UN NENE LO SEÑALÓ, PRIMERO QUE TODOS.

–¡MIRÁ, MAMÁ! ¡UN TIGRE!

–¡AY, NENE!, SERÁ UN HOMBRE DISFRAZADO.

–¡AH!, PUEDE SER, MA –DIJO EL NENE Y SIGUIÓ TRANQUILO HACIENDO SU CASTILLO DE ARENA.

PERO COMO EL TIGRE ESTABA MUY CERCA, LE PREGUNTÓ:

–¿SOS UN TIGRE DE VERDAD?

–NO. DE BENGALA.

EL NENE SE ACERCÓ A LA MAMÁ:

–TENÍAS RAZÓN, MAMÁ. NO ES DE VERDAD, ES DE BENGALA.

LA MAMÁ SE RIO Y, ALGO CURIOSA, SE DISPUSO A MIRAR AL TIGRE. AL VERLO, SE CUBRIÓ LA BOCA CON LAS DOS MANOS PARA TAPAR UN:

–¡¡AY!!

EN ESE MOMENTO, MUCHA GENTE SE DIO CUENTA DE QUE EN LA PLAYA HABÍA UN TIGRE CON UNA MALLA A LUNARES, UN GORRO DE PAJA Y ANTEOJOS DE SOL.

PERO JULIÁN APENAS SI RUGIÓ UN POQUITO PARA DECIR QUE NO ERA UN TIGRE DE VERDAD, QUE SOLO ERA UN TIGRE DE BENGALA.

Y LA GENTE SE TRANQUILIZABA. UN SEÑOR

QUE VENDÍA CHURROS RECITANDO VERSITOS, PASÓ Y DIJO:

—*TODOS COMEN LOS CHURROS DELICIA:*
LUIS, ALBERTO Y TAMBIÉN ALICIA.

Y VARIOS SE RIERON; PERO ENTONCES EL VENDEDOR VIO AL TIGRE:

—*NO SÉ DE QUÉ SE ESTÁN RIENDO;*
PERO YO ME VOY CORRIENDO.

—¿POR QUÉ CORRE EL VENDEDOR? —PREGUNTÓ UNA SEÑORA.

—PORQUE LE GUSTA —DIJO OTRA, POR DECIR.

EL HOMBRE, QUE TENÍA MUY BUEN OÍDO, SE PARÓ PARA RESPONDER:

—*CORRO PORQUE TENGO PIERNAS Y NO ALAS*
Y TAMBIÉN PORQUE ESE TIGRE ES DE BENGALA.

COMO TENÍA UNA VOZ PODEROSA, MUCHA GENTE LO ESCUCHÓ.

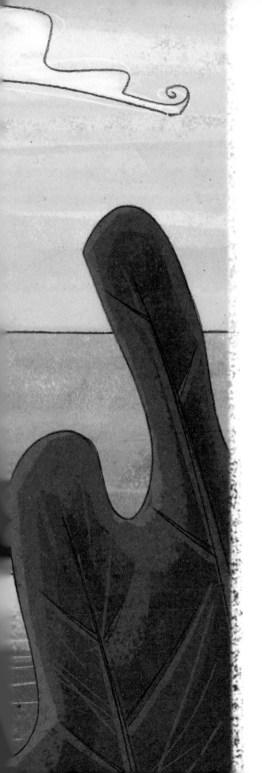

—PERO SI ES DE BENGALA Y NO ES DE VERDAD, ¿POR QUÉ TIENE TANTO MIEDO? —PREGUNTÓ, CONFUNDIDO, EL GUARDAVIDAS.

—*ES DE VERDAD, Y LA VERDAD NUNCA ES MALA, Y TAMBIÉN ES DE BENGALA.*

—¿SON DOS TIGRES O SIGUE SIENDO UNO SOLO? —INSISTIÓ UN MUCHACHO.

PERO EL VENDEDOR DE CHURROS YA HABÍA VUELTO A CORRER, Y MUCHA GENTE HIZO LO MISMO, MIENTRAS GRITABA:

—¡UN TIGRE! ¡UN TIGRE QUE NO ES DE MENTIRA!

JULIÁN VOLVIÓ A LA SELVA. QUISO TOMAR UN COLECTIVO, PERO EL CHOFER NO PARÓ, ASÍ QUE SE TUVO QUE IR CAMINANDO. ALGO ENOJADO, LANZÓ UN RUGIDO QUE HIZO TEMBLAR EL MAR.

FIN

DOLOR DE COLMILLOS

ESE DÍA EL DR. DOMÍNGUEZ, ODONTÓLOGO DE PROFESIÓN, SE ASUSTÓ AL ENCONTRARSE CON UN TIBURÓN BLANCO EN LA SALA DE ESPERA DE SU CONSULTORIO.

CONTROLÓ SUS NERVIOS COMO PUDO Y LUEGO PREGUNTÓ:

—¿QUÉ DESEA SEÑOR... EH... SEÑOR TIBURÓN?

—TENGO UN FUERTE DOLOR DE COLMILLOS, DOCTOR. ¡AYÚDEME! —DIJO EL TIBURÓN, ENTRE LÁGRIMAS.

—¿CUÁL LE DUELE?

—¡TODOS!

TODOS LOS COLMILLOS DE UN TIBURÓN SON... ¡MUCHOS, MUCHÍSIMOS COLMILLOS! EL

DOCTOR DOMÍNGUEZ SE LLEVÓ LA MANO A LA BARBILLA Y, PONIENDO CARA DE INTERESADO, PREGUNTÓ:

–HUMM… ¿YA LO ATENDÍ O ES SU PRIMERA VEZ?

–ES MI PRIMERA VEZ.

–CLARO… SE ME HACE QUE DE LO CONTRARIO, LO RECORDARÍA… ¡CARMEN!

CARMEN, LA SECRETARIA, QUE SIEMPRE TENÍA LOS OJOS OCUPADOS EN OTRAS COSAS Y NUNCA MIRABA A LOS PACIENTES, LE CONTESTÓ:

–¿QUÉ NECESITA, DOCTOR?

–HÁGALE LA FICHA AL PACIENTE NUEVO.

–¡CÓMO NO! –DIJO CARMEN, QUE SOLO VEÍA SUS PAPELES. LUEGO SE DIRIGIÓ AL PACIENTE, SIN LEVANTAR LA MIRADA:

–¿CUÁL ES SU NOMBRE?

–TIBURÓN.

–ESE ES SU APELLIDO. NECESITO SU NOMBRE.

–BUEH… JUAN. JUAN TIBURÓN –RESPONDIÓ

EL TIBURÓN, PARA DECIR ALGO.

DESPUÉS DE QUE LE TOMARAN SUS DATOS, EL TIBURÓN ENTRÓ AL CONSULTORIO.

–¿QUÉ COMIÓ ÚLTIMAMENTE? –PREGUNTÓ EL DOCTOR.

–PESCADO.

–ESO NO ESTÁ MAL. A VER... SIÉNTESE Y ABRA UN POQUITO LA BOCA.

EL TIBURÓN, OBEDIENTE, TOMÓ SU LUGAR EN EL SILLÓN Y ABRIÓ LA BOCA TANTO, QUE EL DOCTOR CASI SE DESMAYA.

–HUMM..., VEAMOS, HÁGASE UN BUCHE CON ESTE LÍQUIDO –LE PIDIÓ–. SIRVE PARA DETECTAR LAS CARIES.

EL TIBURÓN SE HIZO EL BUCHE Y EL DOCTOR EXAMINÓ SUS COLMILLOS. ¡EL TIBURÓN TENÍA UN MONTÓN DE CARIES!

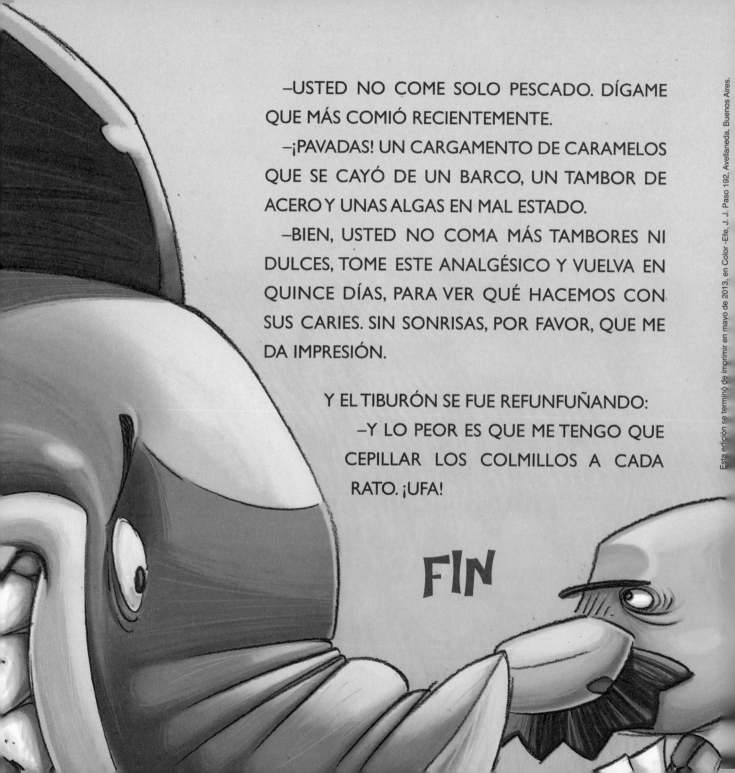

—USTED NO COME SOLO PESCADO. DÍGAME QUE MÁS COMIÓ RECIENTEMENTE.

—¡PAVADAS! UN CARGAMENTO DE CARAMELOS QUE SE CAYÓ DE UN BARCO, UN TAMBOR DE ACERO Y UNAS ALGAS EN MAL ESTADO.

—BIEN, USTED NO COMA MÁS TAMBORES NI DULCES, TOME ESTE ANALGÉSICO Y VUELVA EN QUINCE DÍAS, PARA VER QUÉ HACEMOS CON SUS CARIES. SIN SONRISAS, POR FAVOR, QUE ME DA IMPRESIÓN.

Y EL TIBURÓN SE FUE REFUNFUÑANDO:

—Y LO PEOR ES QUE ME TENGO QUE CEPILLAR LOS COLMILLOS A CADA RATO. ¡UFA!

FIN

Esta edición se terminó de imprimir en mayo de 2013, en Color -Efe, J. J. Paso 192, Avellaneda, Buenos Aires.